U0024033

啼笑人生

楊啟宗詩集
（二〇一二最新版）

序

人生苦多吧

啼　不教就會

笑　要教才會

難怪

照相師總是

要人笑一笑

然後　按下一個

啼笑皆非的人生……

目次

輯七　觸景生情

輯一 旅途風景

遊九寨溝

什麼是好山
什麼是好水
到了九寨溝才發覺

山　開滿水花
魚　優游天空
鳥　飛翔水中
人　留連忘返

留連是什麼
忘返是什麼
告辭九寨溝才感覺
彷彿新婚燕爾　離情依依

尤其
五彩斑斕的紅葉

彩林倒映的湖水
更是讓人依依難忘

曾發表於《秋水詩刊》

新疆之旅

夕陽嫌棄高樓大廈
它遠離了城市

旅遊新疆　又見夕陽的美麗
它親吻新疆大地
瓜果　回報香甜
晚霞愛撫新疆戈壁
牛羊　溫柔以報

入夜時分
晚風唱起「掀起了妳的蓋頭來……」
回家的驢子用腳擊打節拍
遲睡的夕陽　伴著草原曼舞
斯歌斯舞
新疆的兒女　千年傳承

炊煙襯托了詩的夕陽　畫的新疆
那一夜　鄉愁揑過我的心頭

　　　　　　　曾發表於《乾坤詩刊》

一個希臘人告訴我

陽光，是我們的父親
顧家、但個性酷厲
連雲也走避他遠遠的
躲避父親
我們總在他看不到的地方
睡長長的午覺
我們有一個美麗的母親
她教我們唱很雅典的歌
教我們跳很神話的舞
偶爾　教我們讀讀荷馬的詩
任何掛懷
我們就躲進母親的懷抱
讓身心一絲不掛
然後　與水相擁
　　　與風相吻

母親溫婉如琴
所以她的名字就叫　愛琴海

　　　　　　曾發表於《台灣詩學季刊》

遊天子山

遠看似山　其實是雲
神來之筆　以雲當墨
繪成了天女散花的峰巒

近觀似雲　其實是山
神來之筆　以山當圖
浸染我們成為桃花源的仙人

來遊美景　卻入畫中
畫中漫步　不再匆忙
好山好水　令人忘返

曾發表於《中央日報》

黃山

老天以
奇石　巨松　險谷
以及雲雪和日出
創造了一個壯麗的黃山

畫家想
學黃山畫黃山
卻總不如黃山

如今
爭相叫賣黃山的吶喊
擾亂了黃山的詩情
纜車　鐵塔　賓館
染指了黃山的畫意

難怪畫家感嘆：

老天創造自然

人們創造自私

二○○七年三月隨文協訪問團遊覽黃山有感

如今廬山

橫看廬山
車子、房子多了
人到哪裡
垃圾就到哪裡

側看廬山
春花、秋月少了
人到哪裡
自然就少到哪裡

只緣　身在此山中
認識　廬山新面目

長江今昔

夢裡長江：
水秀山明　天生壯麗
尤其
輕舟緩過萬重山的情景
更是夢中仙境

夢醒：
長江的美麗卻已不在
竟然是個水庫和發電廠

如今
長江水　水不長
萬重山上萬重屋

情況如此
豈非人類想改變天然
反而成事不足　敗事有餘

二〇〇七年三月間第一次旅遊長江有感

曾發表於《秋水詩刊》

詩在姜堰

春暖　花開
江堰披著風和日麗的衣裳
顯露著人比花嬌的容顏
不亦悅乎地
迎接有朋自遠方來

初見姜堰
姜堰的溫婉美麗
令人十分驚豔
久久沉醉不已
優雅如畫的溱潼水鄉風情
含情脈脈
更是令人留連忘返

古色古香的姜堰老街
街上人們與世無爭的詩情人生
尤其令人羨慕不盡

終需告別
將把驚豔帶回台北
把思念留在江堰

註：二〇一一年四月二十二日至二十五日應邀
　　參加江蘇、姜堰市舉辦的「溱湖飛歌」國
　　際詩人筆會而作

金門的今昔

昔日當兵時　初見金門
古色人家　古香人情
含情脈脈的少女情懷
淳樸勤勞的農婦風韻
怎叫那個少年不多情

不幸
八二三砲戰
古寧頭戰爭的蹂躪
金門成為一個悲泣的金門

如今再見金門
陽光柔柔親吻
海風輕輕撫慰
金門依舊天生秀麗

的確
戰爭是人類的夢魘
和平是人類的夢想

山水之情

有人說
牛　牽到北京
還是牛
這話只能相信一半

因為
〈印象　劉三姐〉的演出
牛　牽到陽朔
牛　成為藝人
且　牛的演出尤其自然

註：二○○五年三月隨文協訪問團觀看〈印
　　象，劉三姐〉演出有感

《文學人》十二期

輯二　自然災難

九二一大地震

——問地二帖

（一）

為何這樣「震」怒
頓使富翁變　貧民
貧民變「遊民」
莫非告誡富者　過富
要讓貧者　更貧
或是
教誨人要腳踏實地

（二）

斷壁之後
還有帳篷
帳篷遇到豪雨之後呢

斷電之後
還有南電北送
南電跳機之後呢

斷水之後
還有礦泉水
礦泉水污染之後呢

斷炊之後
還有泡麵
泡麵的防腐劑過量之後呢

斷層的政府之後
還有全盟
全盟解散之後呢

問地之後

地　卻說：

你們問我，我只有問天了

乾坤詩刊921地震特輯

納莉颱風

九一七那天
雲　成為抽水機
風　變成柴油
雲一發動　風就一直加油
把海水拼命抽上天空
再從天空拼命傾倒下來

倒下的水找不到回家的路
像暴怒的猛獸　橫衝直撞

因橫衝　山區土石流
因直撞　馬路變河流
不管哪裡是主流　哪裡是非主流
全部付之東流

急著回家的大水
逼得搭乘捷運想回大海
許久　才築成的地下鐵
一夕間　　竟把地下鐵變成了地下河

然而　人水還是回不了家

曾發表於《乾坤詩刊》

汐止水災

此地，汐止

怎奈　人與水爭地
豪雨無路可走
只好水與人爭地

終於　止不了汐

曾發表於《乾坤詩刊》

ＳＡＲＳ與口罩

因為ＳＡＲＳ
讓我們發現人性堅強是假的
軟弱是真的

因為ＳＡＲＳ
讓我們發現人各有志是假的
同命是真的

因為ＳＡＲＳ
讓我們發現人定勝天是假的
無奈是真的

因為ＳＡＲＳ
讓我們發現人海茫茫是假的
同舟是真的

因為ＳＡＲＳ
讓我們發現病從口入不是假的
禍從口出是真的

病從口入　禍從口出
因為ＳＡＲＳ
讓我們發現　「口沒遮攔」之害

尤其讓我們發現
ＳＡＲＳ一發生　口罩就缺貨

曾發表於《秋水詩刊》

輯三　諷刺時政

金融風暴

劣幣　驅逐良幣
基金　取代黃金
於是
匯率　飆歌
物價　飆舞

曾發表於《秋水詩刊》

政客的祈禱文

神啊
願對錢財的擁有　更多
願對別人的寬容　更少
願對自然的糟蹋　更多
願對天地的敬畏　更少
並賜我
醉臥美人膝　醒握天下權
阿門！

曾發表於《乾坤詩刊》

意識形態

本是
四季如春的美麗島國

民族的事　風風雨雨
民權的事　狂風暴雨
民生的事　淒風苦雨

春天，為何如此寒冷
問風
風說：因為雨
問雨
雨說：因為風

曾發表於《文學人》

金光「黨」

說什麼
種下了民主的種子
奈何
採收的竟是民粹的果實

這不就是掛民主的羊頭
賣的是民粹的狗肉嗎？

唉！
難怪有人說
政治是一種高明的騙術

台北街頭

南部來了很多陣頭
說什麼有不公的頂頭
走上台北街頭

中部來了很多人頭
說什麼有不平在心頭
走上台北街頭

每有抗爭的台北街頭
不是人頭就是車頭
交通警察看了就皺眉頭

什麼員、什麼員領隊帶頭
項莊舞劍意在鏡頭
或　製造事端想上報紙的刊頭

抗爭的人見不到上頭
有時竟把警察當對頭
有的還動了拳頭

抗議、抗議，揮舞著旗頭
下台、下台，喊破了喉頭
什麼長、什麼長終於探個頭
卻說責任不在他的肩頭

曲終人散原本美麗的街頭
不是紙頭就是空罐頭
環保人員看了　只有搖搖頭
不管什麼抗爭、倒楣的總是台北街頭
唉！這真是一個正義遲來的年頭

參加台北建城120週年朗誦詩作

島國的憂鬱

因為海
島才美麗
因為經濟
島嶼變醜了

因為海
山才明媚
因為政治
山河變色了

終於島嶼在哽咽
山河在哭泣
人民在悲憤

曾發表於《文學人》

禱告

上帝阿
我是中國人
還是台灣人

上帝說
我創造宇宙萬物
我的子民
只有男人　女人

我還是不解
我問的是一個人治的問題
上帝卻給一個人文的答案

阿門

新十二生肖

滑「鼠」	電子新貴
黃「牛」	政客
伴君如伴「虎」	高層人士
「兔」女郎	八大行業
望子成「龍」	成為「寵」
人「蛇」集團	販賣人口
拍「馬」屁	當官的
替罪羔「羊」	替代役警察
抓「猴」	徵信公司
「雞」婆	記者
熱「狗」	不是狗肉做的香腸
「豬」哥	好色的男人

難怪相命師
只好把「生肖」改用了「星座」

鳥瞰台北

人與人
擠在屋子裡
屋子與屋子
擠在市區裡
市區與市區
擠掉了陽光與星月

車與車
塞在路上
路與路
塞在街上
街與街
塞走了山坡與小河

所謂繁華

熙熙攘攘而已

曾發表於《文學人》

忙

總統府　忙著選舉
行政院　忙著預算
立法院　忙著吵架
　銀行　忙著發卡

百貨公司　忙著週年慶
　店頭　忙著大拍賣
詐騙集團　忙著打電話
　媒體　忙著八卦

企業老闆　忙著比尾牙
　藝人　忙著比身價
　粉絲　忙著追星
　卡奴　忙著自殺

忙　不就是心死嗎

哀　莫大於心死

二〇〇六年五月文學人十一期

輯四　人生百態

災難

科技　改變了春夏秋冬
經濟　改變了東南西北

權力　改變了忠孝仁愛
金錢　改變了信義和平
功利　改變了禮義廉恥

電話　改變了天涯海角
電燈　改變了白天黑夜

莫怪有人說：
世界將有末日來臨的災難

漏網之偷

大官偷安
小官偷閒

富人偷生
窮人偷懶

記者偷拍
讀者偷窺

老公偷腥
老婆偷存

怎奈
法網恢恢
都因混水摸魚而偷

所謂「粉絲」

脫衣秀　人看人
魔術秀　人騙人
口水秀　人罵人
偶像秀　人迷人
拳擊秀　人揍人

難怪　　人笑人
演戲的「瘋」
看戲的「憨」

塞車

路人甲：
路上停了很多車子

路人乙：
只有兩部車子
一要出門
一要回家

路人丙：
只有一部車子
靠右

三個路人各說各話
終於　爭吵起來

豈不也是一種車禍？

曾發表於《文學人》

酒駕

以為
雲因超載
滾落了滿地的雨

以為
風因超速
吹落了滿街的燈

以為
雷電擊中了我的車子
然後
昏暗、劇痛

杜康　走

糟糠　來

她在急診室哭泣

曾發表於《2002年版中國詩歌選》

母雞向人抗議

你們不是萬物之靈嗎
為什麼
別人的兒女死不完

你們不是萬物之靈嗎
為什麼動輒以卵擊石
說什麼為了抗議

抗議！抗議！
你們把我們的兒子當砲灰

曾發表於《乾坤詩刊》

牛

乳牛　壽終正寢
肉牛　英年早逝
　　　全是為人

黃牛　擾亂秩序
吹牛　製造假象
　　　全是人為

曾發表於《乾坤詩刊》

代溝

爺爺
日出而作
日入而息

父親
日出而作
日入也作

孫子
日出不作
日入不息

這個年代
父親最辛苦

牆的心事

怕　竊賊偷入
怕　妻妾偷出
主人要我守衛

無奈！
物　還是不翼而飛
人　還是不告而別
主子怪我成事不足
房子怪我敗事有餘

唉！柏林圍牆還不是垮了
怪誰？

曾發表於《乾坤詩選》

後顧之憂

男人成功了
背後兩個女人

奈何
母親已年老
妻子已色衰

曾發表於《文學人》

試婚

兩性相悅？
說什麼　突然
傳宗接代？說什麼　不然
戶口登記？說什麼　未然
相處困難？說什麼　必然
山盟海誓？說什麼　枉然
勞燕分飛？說什麼　果然

果然男女
「相愛容易、相處難」

曾發表於《乾坤詩刊》

白頭偕老

口香糖
口香
口

剩下一張「口」
難怪一天到晚
嘮嘮　叨叨

曾發表於《文學人》

輯五　詩情畫意

詩情

如果沒有詩
人生　沒有夢想
社會　沒有理想

如果沒有詩
歷史　只是一片蒼白
地理　只是一片蒼茫
自然　只是一片蒼涼

如果沒有詩
政治　是一種災禍
經濟　是一種災變
科技　是一種災難

如果沒有詩
百花　意興闌珊
星月　無精打采

曾發表於《秋水詩刊》

大自然的畫意

狂風時　　大樹
羨慕小草的自在
暴雨時　　小草
羨慕大樹的自若

無風時
柳樹　悶悶不樂
無雨時
芭蕉　默默不語

誰說
草木無情

曾發表於《秋水詩刊》

山、痴痴的等雲

雨後的傍晚
山　風情萬種
連雲也不禁思凡

山因雲而有詩
雲因山而有畫

月色依然
風就來叫雲起程
從此山就沒有雲的音訊
只留下一個　曾經

山問風：
雲何時歸來？

曾發表於《秋水詩刊》

孤樹

萬綠叢中
一棵沒有葉子的孤樹

莫非
難忘落葉的相許

風起
萬綠隨風起舞
孤樹堅豎依然
孤樹自在　乃因孤樹堅守

一隻孤鳥
在枯枝上自在地鳥瞰
孤鳥自在　乃因孤鳥心中
擁有萬綠

曾發表於《秋水詩刊》

夜景

星星
在吟詩
街燈
在吶喊

天上、人間
在象山的高崗處

曾發表於《乾坤詩刊》

一日心境

或是
地窄人稠的局促吧
憂煩、憂傷、憂鬱
總是離不開心頭

已是
深冬台灣　氣候依然宜人
飛抵　北京卻是雪花飄飄
大地披上銀白衣裳
心地充滿溫馨喜悅
原來　心頭的冷暖　只在一念

於是
三個小時的涼與雪
對家鄉的思念　像是過了一個冬季
三千里路的雲與山

對土地的掛念
換成另一個星空

二〇〇二年十二月文協訪問大陸抒懷

月亮　大地的母親

溫煦　撫慰人們白天的辛勞
柔情　陪伴人們夜晚的心靈
貼心　傾聽人們互許的盟誓
慈愛　引領人們擁抱海闊天空

月到中秋分外明
月圓　人圓　家圓
讓人間到處樂人倫
讓詩情畫意滿人間

在天涯
在海角
在花前
在樹上
在樓台
在床前

月亮的柔美　似母愛
貼心無所不在

難怪
人們不時唱著那首
「月亮代表我的心」

啊！大地的母親　月亮

註：參加二〇〇九年海峽兩岸「中秋月圓」詩
　　歌朗誦會之作，內人陳玉英並歌唱「月亮
　　代表我的心」。

我的心靈美食

早餐
剛出爐的報紙副刊
咀嚼四時景色
喝一口晨間音樂

晚餐
一盤詩詞
一盤藝文
一盤風花
一盤雪月
佐一碗古典歌曲
四菜一湯後
再來一杯秋水小語
油然
心曠神怡　一夜好眠

曾發表於《秋水詩刊》

汨羅江

詩人屈原
憂國、憂民
想要以詩明志
因而
投進了汨羅江

於是
汨羅江水
千年流動的
都是詩

2010詩人節朗誦

輯六 有情人生

一粥一飯

插秧　農夫
為五斗米折腰
除草　農夫
為五斗米下跪

一粒米一滴汗
在青春的阡陌
伴隨老牛的足跡
留住飽滿的記憶

米　來得這麼辛苦
糕　難怪要加點糖

曾發表於《秋水詩刊》

老來伴

因為青春美麗
兩情相悅

因為光陰
臉上許多年月日

因為朦朧
美麗依然

依然眼裡出西施
原來
因為　老花

曾發表於《文學人》

老伴
——寫給妻子玉英

花蕊思念春天
月亮思念十五
伴侶思念相許

多少光陰雲和月
妳我相濡以沫
無數里程風和雨
妳我冷暖相依
幾番起落悲和歡
妳我酸甜同嚐

雲和月
風和雨
悲和歡
將妳我的金色年華
染成銀色

而今
妳是我的一半
我是妳的一半
來日
一半若先走
一半也不久
此情相許
是我們的唯一

曾發表於《秋水詩刊》

哀思母親

我十一歲那年　您就守寡

在家裡　您是我的母親

在田裡　您是我的父親

看到別人的田裡男耕

我們的田裡是女作

辛苦在母親的肩頭

辛酸在兒子的心頭

多年的相依為命

您走了

我心中的高山　崩潰了

我心中的大地　碎裂了

如今出門時　再也聽不到您

一再重覆的叮嚀

入門時

再也看不到您倚閭的形影

您走後
對您的日有所思愈刻骨
對您的夜有所夢愈銘心
哀戚總是讓我經常哽咽
奈何　子欲孝而您卻不在了

曾發表於《乾坤詩刊》

謝謝墨韻

走過千百個春秋
聖人回頭
感嘆世風日下
　　仁心不古
廿屆世界詩人大會
聖人指向我時
我即撐開那個　仁　字
當　仁至
掌聲響起，久久不歇
我也感動不已

為聖人弘道打工
我，當「仁」不讓

註：二○○○年在希臘舉行的世界詩人大
　　會，我參加了詩人蕭蕭的作品「仲尼回
　　頭」的朗誦演出，當蕭蕭朗誦到：「看天
　　邊那個仁字」時，我即撐開那個「仁」
　　字，動作雖然簡單，心情卻是十分莊敬，
　　事後女詩人墨韻寫了一首「非廣告」的
　　詩贈我，欣喜之餘，我也寫了一首「謝墨
　　韻」的詩相贈。

　　　　　　曾發表於《台灣詩學季刊》

附錄：非廣告
——贈楊先生

墨韻

與其為別人工作
不如為孔子弘道
而且只為他　個字
一條路

與其到別地方看風景
不如到世界詩人大會打工
一片片折疊後的心靈風景
都是非廣告畫面

社會學的看板
人類學的分際
語音學的圖騰

都朝拜向我
那希臘陽光般的父親

曾發表於《台灣詩學季刊》

輯七　觸景生情

開竅

失眠
因為焦躁
焦躁
因為不安
不安
因為沮喪
沮喪
因為貪慾
貪慾
因為想不開

想也不開
不想就開

曾發表於《秋水詩刊》

頭痛

這個年頭
飆車
撞破了少年頭
獨居
死無人知的老頭

哎！憂慮總在午夜
襲上心頭

曾發表於《乾坤詩刊》

五十肩

二十、不想修身
三十、不想齊家
四十、不想治國
五十、才想平天下

難怪　肩負不了的痛

紅顏

　　十八歲　　想嫁一個王子

　　二十八歲　　想嫁一個帥哥

　　三十八歲　　想嫁一個有錢的

　　四十八歲　　想嫁一個談心的

　　五十八歲　　只想嫁一個老伴

　　唉！　　紅顏總是比較緣薄

進退兩難

不穿　怕感冒
穿了　怕過時

不吃　怕餓
吃了　怕胖

安居　怕無業
樂業　怕無殼

去時　怕塞車
來時　怕停車

錢多　怕無綠卡
錢少　怕無金卡

飽暖後的心靈

竟像一隻驚弓之鳥

不知飛向何處

曾發表於《新原人》

刺青

初戀　在腦海
初夜　在骨子

貪瀆　在心靈
災難　在夢中

恩怨　在胸懷
情仇　在眼裡

黑白　在頭頂
歲月　在臉上

全是生命裡的
刻骨銘心

曾發表於《文學人》

因果

人因貪吃
餐桌的魚
死不瞑目

人為心靈
客廳的花
含笑九泉

曾發表於《乾坤詩刊》

人情味

人，越來越像機器
機器，越來越像人

人生，越來越機器化
人情，越來越淡薄化

難怪這個年頭
到處充滿了對人生乏味的人
唉！這不就是科技發展的一種災難嗎

心想事成

想要不快樂
快樂就走

想要憂煩
憂煩就來

圍牆倒了

有人說：
結婚像一道牆
牆外的人想進去
牆內的人想出來

也許　人心不古

如今
牆內的人急著想出來
牆外的人懶著想進去

卻多了很多
老是進進出出的人

歲月時速

少年時　彷彿捷安特
青年時　仿如野狼一二五
中年時　仿如ＢＭＷ
老年時　則如高鐵了

歲刀有情
時快時慢
老少各有感懷

歲月無情
分秒必較
富人與美女
尤其感嘆

太陽、月亮的鄉愁

雲淡風輕近午天……
是太陽溫煦的家鄉
如今「雲淡風輕」少了
太陽的脾氣因而暴躁
陰晴不定　翻臉不認人

床前明月光
是月亮美麗的家園
如今「床前明月光」少了
月亮閃避著高樓大廈
躲躲藏藏的不見人

人類總是想要人定勝天
任意的糟蹋了大自然
連「春」也拿來買賣

難怪一年四季
如今不三不四

物換加速了星移
太陽、月亮的鄉愁
必將愁上加愁

愁上加愁
秋月、冬陽知多少
憂鬱、災難何時了

秋水詩刊一四七期

口令

向前走──
因為
生命是條單行道
春夏秋冬
歲月回不了頭

向左轉　　向右轉──
因為
生活是個十字路
東西南北
人生志在四方

立正──
生命卻沒時間停駐
稍息──

歲月不饒人　哪來時間稍息
這是口令對人生的誤解

至於　向前看 ──
莫過於　向錢看
這是人生對口令的誤會

台北車站

不停的送往
不停的迎來

就像陀螺
不停的旋動

咦？陀螺怎麼突然停躺下來
噢！原來是　防空演習

秋水詩刊一四〇期

讀詩人15　PG0750

 啼笑人生
　　　——楊啟宗詩集

作　　　者	楊啟宗
責任編輯	黃姣潔
圖文排版	邱瀞誼
封面設計	陳佩蓉

出版策劃	釀出版
製作發行	秀威資訊科技股份有限公司
	114 台北市內湖區瑞光路76巷65號1樓
	電話：+886-2-2796 3638　傳真：+886-2-2796-1377
	服務信箱：service@showwe.com.tw
	http://www.showwe.com.tw
郵政劃撥	19563868　戶名：秀威資訊科技股份有限公司
展售門市	國家書店【松江門市】
	104 台北市中山區松江路209號1樓
	電話：+886-2-2518-0207　傳真：+886-2-2518-0778
網路訂購	秀威網路書店：http://www.bodbooks.com.tw
	國家網路書店：http://www.govbooks.com.tw
法律顧問	毛國樑　律師
總 經 銷	聯合發行股份有限公司
	231新北市新店區寶橋路235巷6弄6號4F
	電話：+886-2-2917-8022　傳真：+886-2-2915-6275

出版日期	2012年4月　BOD一版
定　　價	260元

國家圖書館出版品預行編目

啼笑人生：楊啟宗詩集 / 楊啟宗著. -- 一版. -- 臺北市：
　釀出版, 2012.04
　　面；公分. --（讀詩人；PG0750）
　BOD版
　ISBN　978-986-5976-14-9（平裝）

851.486　　　　　　　　　　　　101004347

讀者回函卡

感謝您購買本書，為提升服務品質，請填妥以下資料，將讀者回函卡直接寄回或傳真本公司，收到您的寶貴意見後，我們會收藏記錄及檢討，謝謝！
如您需要了解本公司最新出版書目、購書優惠或企劃活動，歡迎您上網查詢或下載相關資料：http:// www.showwe.com.tw

您購買的書名：＿＿＿＿＿＿＿＿＿＿＿＿＿＿＿＿＿＿＿＿＿＿＿＿＿

出生日期：＿＿＿＿＿年＿＿＿＿＿月＿＿＿＿日

學歷：□高中 (含) 以下　　□大專　　□研究所 (含) 以上

職業：□製造業　□金融業　□資訊業　□軍警　□傳播業　□自由業
　　　□服務業　□公務員　□教職　　□學生　□家管　　□其它＿＿＿＿

購書地點：□網路書店　□實體書店　□書展　□郵購　□贈閱　□其他

您從何得知本書的消息？

　□網路書店　□實體書店　□網路搜尋　□電子報　□書訊　□雜誌
　□傳播媒體　□親友推薦　□網站推薦　□部落格　□其他＿＿＿＿＿＿

您對本書的評價：(請填代號　1.非常滿意　2.滿意　3.尚可　4.再改進)

　封面設計＿＿　版面編排＿＿　內容＿＿　文／譯筆＿＿　價格＿＿

讀完書後您覺得：

　□很有收穫　□有收穫　□收穫不多　□沒收穫

對我們的建議：＿＿＿＿＿＿＿＿＿＿＿＿＿＿＿＿＿＿＿＿＿＿＿＿＿

＿＿＿＿＿＿＿＿＿＿＿＿＿＿＿＿＿＿＿＿＿＿＿＿＿＿＿＿＿＿＿＿＿

＿＿＿＿＿＿＿＿＿＿＿＿＿＿＿＿＿＿＿＿＿＿＿＿＿＿＿＿＿＿＿＿＿

＿＿＿＿＿＿＿＿＿＿＿＿＿＿＿＿＿＿＿＿＿＿＿＿＿＿＿＿＿＿＿＿＿

11466
台北市內湖區瑞光路 76 巷 65 號 1 樓
秀威資訊科技股份有限公司　　　　收
BOD 數位出版事業部

....

（請沿線對折寄回，謝謝！）

姓　　名：＿＿＿＿＿＿＿＿＿　年齡：＿＿＿＿　性別：□女　□男

郵遞區號：□□□□□

地　　址：＿＿＿＿＿＿＿＿＿＿＿＿＿＿＿＿＿＿＿＿＿＿

聯絡電話：(日) ＿＿＿＿＿＿＿＿＿＿　(夜) ＿＿＿＿＿＿＿＿＿＿

E-mail：＿＿＿＿＿＿＿＿＿＿＿＿＿＿＿＿＿＿＿＿＿＿